LES

TROIS SOUHAITS

OPÉRA-COMIQUE

Représenté pour la première fois, à Paris, sur le théâtre de l'Opéra-Comique, le 29 octobre 1873.

CHATILLON-SUR-SEINE. — IMPRIMERIE E. CORNILLAC

LES

TROIS SOUHAITS

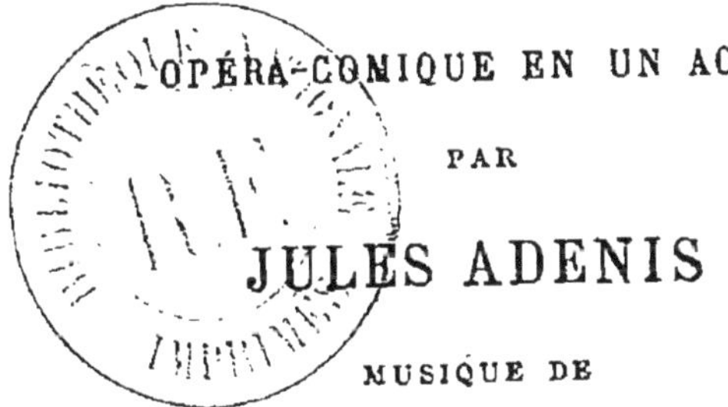

OPÉRA-COMIQUE EN UN ACTE

PAR

JULES ADENIS

MUSIQUE DE

FERDINAND POISE

PARIS
MICHEL LÉVY FRÈRES, ÉDITEURS
RUE AUBER, 3, PLACE DE L'OPÉRA

LIBRAIRIE NOUVELLE
BOULEVARD DES ITALIENS, 15, AU COIN DE LA RUE DE GRAMMONT

1874

PERSONNAGES

PIERRE, sabotier...................................	MM. NEVEU.
RATIN, maître d'école	NATHAN.
MARGOT, femme de Pierre..........................	Mmes DUCASSE.
SUZETTE, sœur de Pierre	NADAUD.
LA FÉE..	

A la campagne.

LES
TROIS SOUHAITS

L'intérieur d'une chaumière. — Une grande cheminée à manteau à gauche. — Au fond une fenêtre et une porte d'entrée laissant voir la campagne. — Portes latérales. — Une table, un banc, et plusieurs escabeaux.

SCÈNE PREMIÈRE

MARGOT, seule.

Au lever du rideau, elle est assise près de la table, et tricote en chantant.

COUPLETS

Belle Madeleine,
Belle Madelon,
Prends ton peloton
De laine,
Madeleine,
Madelon.

I

Avec le jour tout s'éveille
Dans les prés et dans les bois;
On entend voler l'abeille,
L'air s'emplit de mille voix.
Belle Madeleine, etc.

II

C'est le travail que l'on fête;
L'oiseau chante sa chanson.
L'écho, qui croit l'avoir faite,
Vient la redire au buisson.
Belle Madeleine,
Belle Madelon,
Prends ton peloton
De laine,
Madeleine,
Madelon.

Se levant.

Eh! mais... voilà le soleil qui a déjà tourné, et Pierre ne peut tarder à rentrer. Pauvre Pierre! Je le gronde parfois, mais tout çà... c'est par amitié! Vite! dépêchons-nous!.,. la soupe n'est pas prête...

Elle accroche le pot à la crémaillère, jette une bourrée dans l'âtre, s'accroupit et souffle le feu en mettant les deux mains devant sa bouche.

SCÈNE II

MARGOT, SUZETTE.

SUZETTE, *entrant.*

Bonjour, Margot.

MARGOT.

Ah! c'est toi, Suzette! toujours gaillarde, comme la grive en Avril! Et tes moutons?

SUZETTE.

Bah!.. Ils se garderont bien tout seuls.

MARGOT.

Qu'est-ce qui t'amène?

SUZETTE.

Je n'ai plus de laine pour tricoter, et je viens en chercher.

MARGOT, *qui tout en causant, taille la soupe.*

C'est-il bien vrai, çà? C'est pas de la menterie?

SUZETTE.

Pardienne!... à moins de passer le restant de la journée à rien faire.

MARGOT.

C'est-il pas plutôt qu'en rôdant par ici, tu avais dans l'idée de rencontrer quelqu'un qui t'agrée... et que tu as plaisir à voir?

SUZETTE.

Et qui çà donc!

MARGOT.

Bon! fais l'innocente... André! (Se rapprochant de Suzette.) Eh bien! que je te voie courir après lui!

SUZETTE.

D'abord, c'est pas moi qui cours après lui, c'est lui qui court après moi.

MARGOT.

Une fille sage s'ensauve.

SUZETTE.

On ne peut pas quand on a des sabots. (Les montrant.) Et avec ça que mon frère les fait légers!

MARGOT.

Ils sont solides! c'est ce qu'il faut aux pratiques.

SUZETTE.

Est-ce que vous vous ensauviez vous, quand Pierre vous parlait d'amour?

MARGOT.

Oh! moi... c'est une autre affaire.

SUZETTE.

Ce qui veut dire qu'on raisonne d'une façon quand on est fille, et d'une autre façon quand on est femme.

MARGOT.

C'est possible. Mais, pas moins, je t'engage à ne plus être aussi entichée de ton André.

SUZETTE, vivement.

Alors, c'est donc vrai, ce qu'on m'a dit: que mon frère avait le dessein de me faire épouser monsieur Ratin, le maître d'école?

MARGOT.

C'est pas lui qu'a ce dessein-là, c'est moi.

SUZETTE.

Vous, Margot.

MARGOT.

Moi. Et je trouve que t'as de la chance que monsieur le maître d'école t'ait remarquée ! C'est un homme bien considéré, qu'a de l'aisance... et savant, savant ! !

SUZETTE, se récriant.

Mais il est veuf, mais il a le double de mon âge... et je ne l'ai pas remarqué du tout, moi. (Avec frayeur.) Et s'il me parle latin ? — Qu'est-ce que je répondrai ?

MARGOT, riant.

Va ! va ! une jolie fille qui plaît, répond toujours juste.

SUZETTE.

Ah ! ben non ! par exemple, je ne l'épouserai pas !

MARGOT.

Ta ta ta ta...

SUZETTE, riant.

Ah ! ah ! ah ! Mais que je suis bête de me tourmenter... comme si je n'étais pas bien tranquille.

MARGOT.

Parce que ?...

SUZETTE, mystérieusement.

Parce qu'elle est revenue.

MARGOT.

Et qui donc ?

SUZETTE, id.

La fée.

MARGOT, vivement.

La fée... qui un beau jour avait disparu.

SUZETTE.

Vous vous en souvenez. Eh ben !... on l'a vue.

MARGOT, id.

On l'a vue !

SUZETTE.

Pas plus tard qu'hier, au clair de lune, au bord du grand étang... Et vous savez, celui qui voit la fée, ou même qui entend sa voix, c'est comme s'il trouvait un trèfle à quatre feuilles ?

MARGOT, bas.

Oui, oui, après ?

SUZETTE, continuant.

C'est un signe certain de réussite pour ce qu'il désire le plus, n'est-ce pas ?

MARGOT.

Des fois, des fois...

SUZETTE.

Toujours ! Eh ben ?... savez-vous quel est celui qui l'a vue, la fée... — Ce n'est pas votre maître d'école.. oh ! non !.. c'est André !

MARGOT.

Lui !

SUZETTE.

C'est ça une chance !... Aussi, vous ferez ce que vous voudrez, je suis bien tranquille !...

PIERRE, au dehors, chantant.

Il avait des sabots
Qu'il portait sur le dos...

MARGOT.

Mais tu me causes, là, et voilà Pierre qui rentre. Allons ! viens vite que je te donne ta laine.

Elles sortent par la gauche.

SCÈNE III

PIERRE, *chantant dans la coulisse.*

l avait des sabots
Qu'il portait sur son dos
Le petit Jacque !...

Il paraît, à la porte du fond, chargé de sabots enfilés en chapelet.

Il court, le petit Jacque,
Clic, clac, çà claque, claque...
Il court,
Et c'est d'amour !
Il avait des sabots le petit Jacque !

Il jette ses sabots à terre.

Il voulait, sans façon,
Embrasser Jeanneton,
Mais, à coups de bâton
Voilà qu'elle répond
Au petit Jacque !...

Et sur le dos de Jacque
Clic, clac... çà claque, claque.
Il court,
Il court toujours...
Il avait des sabots, le petit Jacque.

Sur la musique qui continue pendant toute la scène.

Mais où donc est cette Margot du Diable? (*Appelant.*) Margot? Margot! ah! ben oui... rien n'est prêt!... la soupe n'est pas même sur la table!

Chantonnant pour se distraire :

Il avait des sabots
Le petit Jacque....

(*Parlé.*) Je la reconnais bien là... et c'est elle qui va me crier... toujours des paroles, des reproches : Paresseux, ivrogne, propre à rien!... que sais-je!

Il va s'asseoir devant la cheminée et chantonne en se balançant sur sa chaise.

Il court... çà claque, claque.
Il court,
Et c'est d'amour!
Il avait des sabots, le petit Jacque?

(*Parlé.*) Et dire que depuis quatre heures du matin je travaille! et que c'est tous les jours de même... pour changer!. Ne vaudrait-il pas mieux mourir?... Si j'étais mort, je pourrais, au moins, passer ma vie à ne rien faire. Ouf!... je n'en puis plus!

Sa tête s'alourdit, il sommeille.

UNE VOIX, *dont la personne est invisible, se faisant entendre sur le théâtre :*

Ainsi que l'oiseau qui s'élance
Je traverse les airs sous ce beau ciel d'été
Pour apporter au cœur du pauvre, l'espérance,
Et sur ses traits pâlis un rayon de gaîté.

PIERRE, *s'éveillant à moitié.*

Est-ce un rêve... est-ce un chant?... une plainte étouffée
Non!... j'ai bien entendu...
Qui donc me parle ainsi?...

Il cherche.

LA VOIX.

Pierre, c'est une fée
Qui t'accorde aujourd'hui le bonheur qui t'est dû.
Ecoute... de ton sort tu peux être le maître,

Car, au nom du destin, ici, je te promets,
D'accomplir, à l'instant, les trois premiers souhaits
Que tu voudras former... sur quoi que ce puisse être...

Dans l'encadrement de la fenêtre du fond, on voit apparaître, peu à peu, l'image de la fée. Elle est vêtue d'une robe blanche et couronnée de feuillage.

LA FÉE.

Trois souhaits!... souviens-toi!

PIERRE, se levant, agité.

Est-ce un rêve?... un mensonge?...

Se frottant les yeux.

Je suis bien éveillé?... non! ce n'est point un songe
Parle encor?... réponds-moi?

LA FÉE.

Souviens-toi!

PIERRE, l'apercevant.

Ah!... je la vois éblouissante!...
Une pâle lueur argente
Les plis de sa robe flottante
Comme elle est belle! ah! réponds-moi?
O douce fée, à la voix si charmante!

L'image de la fée s'efface et la voix s'éloigne.

PIERRE, étendant les bras vers elle.

Parle encor .. réponds-moi?

LA FÉE, s'éloignant.

Souviens-toi!

PIERRE.

Elle s'éloigne...

LA VOIX, très-loin.

Souviens-toi!

SCÈNE IV

PIERRE, seul.

AIR

PIERRE, joyeux.

Trois souhaits!... pour moi seul, tout seul!... mais patience,
Il faut y réfléchir... on m'a dit, et souvent

Que le bien nous vient en dormant...
Il est venu... c'est clair... trois souhaits! quelle chance!
Quel bonheur! dans ce canton
Me moquant du qu'en dira-t-on!
Je vivrai dans l'abondance...
Ah! la belle existence!
On me verra tous les jours
En habit du plus beau velours,
Ah! la belle existence!
Je veux avoir, à la fois,
Un château, des prés, des bois...
Je traverserai le village
Dans un bel équipage!
Chacun me respectera
Partout on me fêtera!
Ah! la belle existence!
Quel bonheur! dans ce canton
Me moquant du qu'en dira-t-on
Je vivrai dans l'abondance!...
Me voici désormais un homme d'importance

Trois souhaits... qu'elle a dit? Pourquoi pas quatre?.. chut!. il ne faut pas marchander!... Mais que souhaiter... voilà le difficile! attendez, attendez!

Il réfléchit.

SCÈNE V

PIERRE, MARGOT.

MARGOT, entrant.

Ah! je t'y prends, maître paresseux!

PIERRE, absorbé.

Bonsoir, ma petite femme, bonsoir.

MARGOT.

Comment, bonsoir? Est-ce que ta journée est déjà finie.

PIERRE, gaîment.

Oh! j'ai fait plus de besogne que tu ne penses.

MARGOT.

Et où est-elle cette belle besogne?

PIERRE, *gaîment.*

Allons, allons, ne te fâche point.

MARGOT.

Que je ne me fâche point quand je te trouve là, les bras croisés? Je te dis que t'es fautif! Moi qui ne me donne pas une minute de bon temps... moi qui fais tout au logis! moi qui file, qui tricote, qui cuit le pain, qui frotte, qui balaie, qui...

PIERRE, *l'interrompant avec transport :*

Ma femme!

MARGOT, *continuant.*

Oui ta femme... dont tu ne te soucies guère... non plus que de ta famille! Est-ce comme ça, dis, que tu songes à établir ta sœur Suzette? Le maître d'école la demande.

PIERRE, *avec mépris.*

Le maître d'école... prrr... prrr... prrr.

MARGOT.

Il est riche!

PIERRE, *haussant les épaules.*

Lui... le pauvre homme!

MARGOT, *étonnée.*

Hein?

PIERRE.

Maître d'école, bailli, procureur... pouah!..des petites gens!

MARGOT, *étonnée.*

Ah çà... à qui veux-tu donc la donner.

PIERRE, *avec autorité.*

A un prince.

MARGOT.

Tu deviens fou.

PIERRE.

Et je n'ai qu'un mot à dire pour ça.

MARGOT, *inquiète et doucement.*

Pierre, mon ami, qu'est-ce que tu as?

PIERRE.

J'ai... j'ai que je suis le plus heureux des hommes!.. et si tu es sage, je te rendrai la plus heureuse des femmes! Je peux être riche!... avoir des trésors... que sais-je, moi. Il ne me faut que trois souhaits!

MARGOT.

Eh! J'en fais mille, tous les jours, moi. Comme, par

exemple, de te voir raisonnable, un ! Que tu travailles davantage, deux !... que tu ne boives qu'à ta suffisance, trois !

PIERRE, avec transport.

Margot !

MARGOT à part, inquiète.

Est-ce que sa tête... Il n'y paraissait pas, ce matin.

PIERRE.

Ecoute !

MARGOT.

Quoi ?

PIERRE.

Tu ne me croiras pas.

MARGOT.

Dis toujours pour voir.

PIERRE.

Eh ben... tout à l'heure... revenant de travailler... accablé de fatigue... et maudissant mon sort, je m'étais endormi.. là... devant la cheminée... tout à coup, j'entends une voix... c'était celle de la fée !

MARGOT, vivement.

Comment !... toi aussi ?... Et que t'a-t-elle dit ?

PIERRE.

« Pierre, qu'elle m'a dit comme ça, je t'apporte le bonheur « qui t'est dû... Tu peux faire trois souhaits, à ta volonté... »

MARGOT, avec joie.

Bien vrai... est-ce possible !

PIERRE, continuant.

C'est comme je te le dis. Et — qu'elle a ajouté — « je les accomplirai à l'instant même. »

MARGOT.

Trois souhaits... à ta volonté ! quel bonheur !... mais non — c'est pas possible... t'es visionnaire !

PIERRE.

J'étais bien éveillé, te dis-je, à preuve que je me suis levé doucement... doucement... et que je l'ai vue... là... belle à se mettre à genoux devant !

MARGOT.

Comment ?.. Tu l'as vue ?

PIERRE.

Comme je te vois.

MARGOT.

Tu l'as entendue?

PIERRE.

Comme je t'entends. Elle disait, en s'éloignant : « Pierre, souviens-toi, souviens-toi ! »

DUO

MARGOT.

C'est bien la vérité?

PIERRE.

Toute la vérité,
Tu peux me croire,
Je parle avec sincérité.

MARGOT.

Parfois, il t'arrive de boire,
Tu vois alors tout de travers?

PIERRE, se récriant.

Je n'ai bu que de l'eau... j'avais les yeux ouverts;
Tu peux me croire,
Je parle avec sincérité!

MARGOT.

Tu ne mens pas?

PIERRE.

Je te l'assure.

MARGOT.

Lève la main!

PIERRE, étendant la main.

Tiens, je le jure!

MARGOT, à demi-voix.

Dis-moi, la fée est prête à t'accorder
Trois choses... n'importe lesquelles?

PIERRE.

Oui, ces trois choses seront celles
Qu'il me plaira de demander.

MARGOT.

N'importe lesquelles?

PIERRE, affirmativement.

N'importe lesquelles!

MARGOT, avec câlinerie.

Mais voyez comme
Il est gentil, mon petit homme!
Vite, embrassez-moi, mon mari
Mon mari bien chéri!

PIERRE, avec méfiance, à part.

Oh! oh! son petit homme
Que veut dire ceci?

Haut.

Mais, à l'instant, Margot
Tu me traitais de sot
De mauvais drôle...
J'étais un paresseux, un homme sans parole,
T'en souviens-tu

MARGOT, haussant les épaules.

Mais non!

PIERRE.

J'étais un méchant drille
N'aimant pas sa maison
Sa femme, sa famille?

MARGOT.

Mais non!

PIERRE.

Mais si!

MARGOT, impatientée.

Mais non, non, non, non!

Voyant que Pierre se détourne avec humeur.

Ne me fais pas ainsi la moue;
Tiens, j'avais tort, et je l'avoue
Avec sincérité.
Mais dis-moi, mon ami, tu n'as rien souhaité?

PIERRE.

Non! la chose, avec soin, veut être décidée

MARGOT.

Trois souhaits! ce n'est pas comme si c'était cent!
Et si j'ai quelque bonne idée...

PIERRE, l'interrompant.

Pas encor!... nous verrons... car c'est embarrassant.

MARGOT, le câlinant.

Mais voyez comme
Il est gentil, mon petit homme!
Vite, embrassez-moi mon mari,
Mon mari bien chéri!

PIERRE, à part.

Oh! oh! son petit homme!...
Que veut dire ceci?

PIERRE.

A propos d'idée; j'avais pensé, moi, comme deux avis valent mieux qu'un, à aller consulter m'sieu Ratin, le maître d'école, c'est un homme d'instruction... pas fier, car nous avons bu quelquefois ensemble?..

MARGOT.

T'as raison...

PIERRE.

Il trouvera peut-être mieux que nous à nous aider dans cette affaire.

MARGOT.

Oui, oui... c'est çà... faut le questionner, mon petit homme, faut le questionner. Mais ne souhaitez rien sans moi, au moins?

PIERRE.

Eh non! sois tranquille.

MARGOT.

Eh bien, va! mon petit homme, va vite!

PIERRE.

Tout de suite.

Il sort.

SCÈNE VI

MARGOT, seule.

Ça me semble un rêve!.. quel changement quel coup de fortune! un trésor! — car c'est tout comme Pierre va devenir un monsieur, et moi, quasiment une madame... comme celle du château !

COUPLETS :

Plus de bavolet,
Les dentelles
Les plus belles !
La jupe me déplaît,
Robes traînantes,
Riches habits,
Perles, rubis,
A chaque oreille une pendante !
Ça sera-t-il bientôt ?
Ah ! Pierre,
Que je vais être fière !
Saute, Margot !

Une fois si bien mise
Je n'entends plus qu'on dise
Margot par ci, Margot par là !
Assez de ce nom-là !
Trédame !
Chapeau bas !
Madame,
Gros comme le bras !

Plus de bavolet,
Les dentelles
Les plus belles !
La jupe me déplaît,
Robes traînantes,
Riches habits,
Perles, rubis,
A chaque oreille une pendante !
Ça sera-t-il bientôt ?
Ah ! Pierre !
Que je vais être fière !
Saute, Margot !

SCÈNE VII

SUZETTE, MARGOT.

SUZETTE, entrant en courant

Margot ! Margot !.. Est-ce vrai, ce que Pierre vient de me dire : Nous allons avoir des richesses ?

MARGOT, avec dignité

Taisez-vous, petite, ce ne sont point là vos affaires.

SUZETTE.

Je l'ai rencontré, il riait comme un fou, en faisant de grands bras et en se parlant à lui tout seul... il m'a dit qu'il allait avoir un trésor... Et puis il m'a quittée pour aller mettre son habit des dimanches.

MARGOT, scandalisée.

Son habit des dimanches !.. Au fait, — maintenant, ses moyens le lui permettent.

SUZETTE, continuant.

Parce qu'il allait chez le maître d'école.

MARGOT.

Oui, je sais.

SUZETTE.

Vous voulez donc toujours me le faire épouser ?

MARGOT, avec dédain.

Lui ! prr... prr... prr...

SUZETTE, étonnée

Comment ?

MARGOT.

C'est-à-dire que je vous ordonne au contraire de n'y plus penser. Vot' frère et moi, nous sommes d'accord là-dessus.

SUZETTE, avec joie.

Vrai !.. mais je n'y ai jamais pensé non plus !

MARGOT.

Tant mieux !

SUZETTE.

André est bien plus brave !

MARGOT.

Jour de ma vie !.. un paysan !

SUZETTE.

Mais...

MARGOT.

Une mésalliance ! Ne vous avisez plus de prononcer ce nom-là devant nous ?

SUZETTE.

Quoi ! ce n'est pas André ?

MARGOT.

Pas plus de Ratin que d'André, entendez-vous ! vous épouserez un prince. Vot' frère et moi nous sommes d'accord là-dessus !

SUZETTE.

Mais s'il ne m'agrée pas votre prince ?

MARGOT, *avec importance.*

C'est ce qu'il faut ! une honnête femme n'aime jamais que trop son mari ! S'épouser quand on s'aime... c'est bon pour les gens de rien ! Et Dieu merci ! nous n'en sommes plus là ! Apprenez que dans le beau monde il faut que les dignités et les finances se conviennent !.. ça suffit et tout s'arrange ! L'amour vient quand il peut... Voilà la belle manière !

SUZETTE.

Mais à ce compte-là je serai malheureuse.

MARGOT.

Vot' frère et moi nous sommes d'accord là-dessus.

SUZETTE.

Si je n'épouse pas André, j'en mourrai !

MARGOT.

Ta, ta, ta, ta, on ne meurt pas de ça !.. vous seriez la première !

SCÈNE VIII

MARGOT, SUZETTE, RATIN.

RATIN, *entrant.*

Bonjour, Margot !

MARGOT, *à part.*

Margot ! ces gens-là sont d'une familiarité...

RATIN, à Suzette.

Fillette, je suis votre serviteur.

SUZETTE, révérence.

Vot' servante.

MARGOT.

Pierre est allé chez vous, à votre encontre.

RATIN

Ah !.. c'est possible... c'est que je suis sorti de bon matin. Je suis bien aise...

MARGOT, l'interrompant,

Il voulait vous questionner sur une affaire... majeure !

RATIN.

Oh ! oh ! Les conseils, c'est mon fort ! chacun s'est toujours bien trouvé de ceux que j'ai donnés... Il est vrai qu'on ne les a jamais suivis... mais ils étaient excellents !

MARGOT, vivement.

C'est ce qu'il nous faut.

RATIN.

J'ose même dire qu'il n'y a point de procureurs, d'avocats, de notaires qui pourraient joûter contre moi.

MARGOT, vivement.

Tant mieux !

RATIN.

Je ne dis parfois qu'un mot, mais ce mot est une sentence.

MARGOT, vivement.

Il nous faut trois sentences.

RATIN.

Vous les aurez ! Je disais donc que j'étais bien aise de vous rencontrer. Je suis savant, mais brave homme et...

MARGOT, vivement l'interrompant.

Une idée ! Attendez-nous là, je cours chercher Pierre qui de son côté, j'en suis sûre, cherche après vous. (Revenant à Suzette.) Profitez de çà pour lui dire qu'en vous recherchant pour femme il nous faisait beaucoup d'honneur...

RATIN.

Oui, je crois, sans vanité...

MARGOT, à Ratin.

Mais, puisqu'il faut vous dire nos intentions, ce mariage-là n'est plus possible.

RATIN.

Hein ? vous n'êtes donc plus ce que vous étiez hier ?

MARGOT, gaîment.

Vous l'avez dit : Je ne suis plus Margot et Suzette n'est plus Suzette.

RATIN, surpris.

Vous voulez rire

MARGOT.

La petite vous dira la chose ! (A elle-même.) Il est tout ébahi. (Riant.) Hi ! hi ! hi ! (En sortant vivement.) Courons chercher Pierre... (Se reprenant.) Monsieur Pierre !

Elle sort.

SCÈNE IX

SUZETTE, RATIN.

RATIN.

Ah çà... qu'a-t-elle donc ?

SUZETTE, pleurant.

Il paraît que mon frère a trouvé un trésor.

RATIN.

Pas possible ! et c'est cela qui vous rend chagrine ?

SUZETTE.

Oh ! non !

RATIN.

A la bonne heure ! (Avec tendresse.) Suzette, ma petite Suzette... approche-toi, mon enfant. (Il passe le bras de Suzette sous le sien.) *Rosa ! Rosarum !*

SUZETTE, se sauvant effrayée.

Oh ! ne me parlez pas ainsi.

RATIN, simplement.

C'est du latin.

SUZETTE.

Je ne sais pas ce que c'est... mais çà me fait une peur...

RATIN.

Rassure-toi, rose des roses ! (Il reprend le bras de Suzette.) Mais songe donc, un trésor !.. tu en auras ta part !.. que dis-je ! nous en aurons notre part ! et avec le bien que j'ai déjà, comme nous allons être heureux, dans notre maisonnette... la plus belle du village ! Tu auras Gervaise pour te servir... un beau jardin...

SUZETTE, *tristement.*

Avec des fleurs.

RATIN, *affirmativement.*

Avec des fleurs. Et, le dimanche, nous irons à la ville dans ma cariole. Je me mettrai sur le devant... et toi, au fond... étalant les plis de ta robe neuve, bien empesée... et, en entendant le bruit de la voiture, les gens se mettront aux fenêtres, et nous regarderont passer avec envie !

SUZETTE, *avec joie.*

Ah ! que je serai heureuse ! (*S'arrêtant.*) Oui... mais pas avec vous... avec André !

RATIN, *étonné.*

André ?

SUZETTE.

Puisque c'est lui que j'aime.

RATIN, *id.*

Hein ?.. mais votre frère ne m'avait pas dit cela.

SUZETTE.

Pardienne, on vous le cachait. Et maintenant qu'ils ont des richesses ils ont ben d'autres idées !

RATIN.

Et... il y a longtemps que vous aimez cet André ?

SUZETTE.

Oh ! oui, allez ! il y a longtemps, bien longtemps !

VILLANELLE

C'était au temps où fleurit l'églantier,
Je le rencontrai dans la plaine,
Au détour du sentier
Qui mène
A la fontaine...
C'était au temps où fleurit l'églantier !

« Eh ! me dit-il, je détournai la tête,
« Comment vous nomme-t-on... » Suzette !
« Et vous ? « André.
« Tout en causant, si bon vous semble,
« Nous marcherons ensemble,
« Et je vous accompagnerai ?

Je le rencontrai dans la plaine,
Au détour du sentier
Qui mène
A la fontaine...
C'était au temps où fleurit l'églantier!

Puis, la main dans la main, riant de notre rire,
Traversant les blés embaumés,
Nous allions devant nous, sans rien nous dire,
Et depuis ce jour-là nous nous sommes aimés!
Je le rencontrai dans la plaine,
Au détour du sentier
Qui mène
A la fontaine...
C'était au temps où fleurit l'églantier!

RATIN.

Allons... je vois bien qu'il faut que j'en prenne mon parti... puisque vous en aimez un autre... et cependant, je suis certain que dans un moment vous m'aimerez aussi.

SUZETTE.

Oh! c'est bien difficile!

RATIN, avec finesse.

Je crois même... que vous m'embrasserez?

SUZETTE, après l'avoir regardé.

Et moi je ne crois pas.

RATIN, id.

C'est ce que nous verrons. Avez-vous dit à Margot votre amitié pour André?

SUZETTE.

Elle le sait bien... un peu... mais elle ne veut entendre à rien!

RATIN.

Eh bien... laissez-moi faire. Je suis savant, mais brave homme, et je n'entends pas épouser une fillette contre son gré.

SUZETTE.

Ah! c'est d'un cœur honnête, ça!

RATIN, continuant.

Je parlerai à Margot, à votre frère...

SUZETTE.

Ah! si vous faites cela, comme je vais vous aimer!

RATIN, riant.

Vous voyez... ça commence déjà. De plus, je prétends que l'on vous donne André... vous serez sa femme, où j'y perdrai mon latin, ce qui n'est pas peu dire! vous serez sa femme!

SUZETTE, avec joie.

Sa femme!

RATIN.

Oui, mon enfant, je veux que cela soit ainsi.

SUZETTE, lui sautant au cou.

Ah! quel bonheur!

RATIN, riant.

Je vous avais bien dit que vous m'embrasseriez.

SUZETTE, id.

C'est vrai!

SCÈNE X

SUZETTE, — PIERRE et MARGOT, endimanchés d'une façon comique. — RATIN.

QUATUOR

MARGOT.

On nous fête, on nous cajole,
On me sourit!

PIERRE.

On se fie à ma parole,
C'est à qui me fera crédit!
On accourt me serrer la main...

MARGOT.

Mon bon ami, mon cher voisin...

PIERRE.

Chacun m'offre son bien
Pour avoir part au mien.

A Ratin, d'un air de protection.

En arrivant à la fortune

Combien de gens se sont permis
D'oublier leurs anciens amis...
Je ne tomberai pas, moi, dans l'erreur commune
En arrivant à la fortune.

Il lui tend la main.

RATIN, *saluant et raillant.*

Je suis confus de tant d'honneur
Monsieur... madame Pierre!...

MARGOT, *à part.*

Madame! ah! que je suis fière!

RATIN.

Très-humble serviteur!

MARGOT, *d'un air protecteur à Suzette.*

Nous songerons à vous, ma chère,
Et vous trouverons un époux
Digne de nous.
Employez désormais tous vos soins à nous plaire,
Nous songerons à vous, ma chère.

SUZETTE, *raillant et faisant la révérence.*

Ah! vous me faites trop d'honneur!...
Monsieur... madame Pierre!

MARGOT, *à part.*

Madame! ah! que je suis fière!

RATIN, *saluant.*

Très-humble serviteur!

ENSEMBLE.

SUZETTE, RATIN, *à part, riant* :	PIERRE, MARGOT.
On les fête, on les cajole,	On nous fête, on nous cajole,
On les salue, on leur sourit,	On nous salue, on nous sourit,
On se fie à leur parole,	On se fie à ma/sa parole,
C'est à qui leur fera crédit.	C'est à qui nous fera crédit.
On les regarde avec envie	On nous regarde avec envie
Et de plus, car telle est la vie,	Et de plus, car telle est la vie,
Chacun offre son bien	Chacun m'offre son bien
Pour avoir part au sien.	Pour avoir part au mien

PIERRE, *avec joie.*

Quel changement, quel changement dans nos affaires! c'est ça une vraie chance.

RATIN.

Eh ! eh ! quand on possède un trésor...

PIERRE, vivement.

Hein ? un trésor ! Il faut, dites-vous, que je demande un trésor... ça ne serait pas si mal.

MARGOT.

Doucement, doucement. Les gens comme nous sont au-dessus de quelques sacs d'écus !

RATIN, riant, à Suzette.

Il n'y a pas longtemps qu'ils étaient au-dessous ! (A Pierre.) En effet, puisque vous êtes riches...

PIERRE.

Non, pas encore, mais il ne tient qu'à moi.

RATIN, étonné.

Suzette, pourtant, m'a dit...

MARGOT.

C'est une enfant ! (Montrant Pierre.) Il n'a qu'à souhaiter trois choses... n'importe lesquelles...

PIERRE, achevant.

Et au même instant, je suis sûr de les avoir.

RATIN, riant.

Quoi ? c'est là ce trésor... ah ! ah ! je suis curieux de savoir ce que vous allez souhaiter.

PIERRE.

Plus le moment approche... et plus je suis embarrassé ; voyons, puisque vous connaissez nos intentions... vous qui êtes si savant... qu'est-ce qu'il faut souhaiter pour être heureux ?

RATIN.

C'est embarrassant, en effet. Il faudrait d'abord définir le bonheur ! qu'est-ce que le bonheur ?

PIERRE, sans comprendre.

Ah !.. voilà !

RATIN, continuant.

La science et l'histoire nous apprennent que la joie des uns ne fait pas la joie des autres. César était-il heureux de la même manière que Cicéron ? Il est permis d'en douter. Ce qui rendait heureux Lucullus eût-il rendu heureux Socrate ?.. je ne le crois pas.

PIERRE, *étourdi.*

Je ne le crois pas non plus... Mais moi ? pour ce qui est de moi ?

MARGOT.

Nous ? Pour ce qui est de nous ?

SUZETTE.

Oui, nous ? pour ce qui est de nous ?

RATIN.

En ce qui vous concerne... il faut faire un retour sur vous-mêmes.

PIERRE, *embarrassé.*

Diable !.. ça doit être difficile, ça.

RATIN, *continuant.*

Définir vos penchants, consulter vos goûts... analyser vos aptitudes !

PIERRE, *s'essuyant le front.*

Diable ! diable ! c'est encore plus difficile que je ne croyais. Tenez, asseyons-nous, et buvons d'abord un coup. J'ai apporté une bouteille de derrière...

RATIN, *riant.*

Les fagots ?

PIERRE, *id.*

Eh ! non !.. les sabots ! (*Ils rient. — A Margot.*) Allons, femme, apporte la bouteille, vin porte conseil.

Margot apporte une bouteille et des gobelets. Ils se placent autour de la table.

FINAL

RATIN.

Cela n'est pas
Une petite affaire !

MARGOT.

Faut-il tant d'embarras,
Tant de tracas !

PIERRE.

Buvons d'abord... au fond du verre
Nous trouverons la vérité !

RATIN, *se levant.*

Monsieur, madame Pierre,

Je bois à votre santé !

TOUS.

Cela n'est pas une petite affaire!...
Tout dépend de ce moment-ci!

MARGOT, à Pierre.

Allons ! parle !

PIERRE.

M'y voici :
Premièrement, ma cave bien remplie...

RATIN.

Oh! c'est trop peu!

PIERRE.

Margot... toujours jolie?

MARGOT.

Non! ce n'est pas ça que je veux.
Non! il nous faut une fortune.

PIERRE, avec galanterie.

Si femme avenante en est une
Eh bien... ça nous en fera deux!

RATIN.

Cela n'est pas une petite affaire.
Mais il faut en finir, car nous n'avançons guère...

PIERRE.

Je crains toujours d'être trop prompt.

MARGOT, impatientée.

Comme il se fait tirer l'oreille!

PIERRE.

Eh bien!... achevons la bouteille
C'est peut-être au fond...

RATIN, riant.

C'est peut-être au fond !

TOUS.

C'est peut-être au fond!

PIERRE, tendant son verre.

Allons! mais vous pouvez m'en croire
Rien ne creuse comme de boire
Et de boire sans manger!

RATIN.

D'accord!

PIERRE.

Sans nous déranger
Je voudrais bien ici, une belle poularde!

Il en parait subitement une sur la table.

RATIN, effrayé, se levant.

Hein?

MARGOT, id.

Oh!

PIERRE.

Grand Dieu!

SUZETTE.

Quoi donc?

MARGOT.

Regarde!

TOUS.

Une poularde! une poularde!

PIERRE, à part.

Diable!

TOUS.

Cela
N'est pas une petite affaire!

PIERRE.

J'aurais bien mieux fait de me taire.

SUZETTE, RATIN, MARGOT.

Il aurait mieux fait de se taire.
Qu'a-t-il fait là!...
Il ne manquait plus que cela!

MARGOT avec colère, à Pierre.

Pierre tu ne seras jamais qu'un triple sot!

PIERRE.

Ma femme!

MARGOT.

Un imbécile!

PIERRE.

J'ai tort, mais...

MARGOT.

L'animal!

PIERRE, avec colère.

Margot!

MARGOT, sans l'écouter se montant toujours :

Et quand il était si facile
De souhaiter un royaume, de l'or?...
Ah! le triple sot, le butor!

PIERRE, avec colère.

Assez, assez!

MARGOT, levant les bras au ciel.

Une poularde!!

PIERRE.

Tais-toi donc, maudite bavarde!
Puisqu'il m'en reste deux?..

MARGOT.

Une poularde!

PIERRE.

Ah! c'est à s'arracher les cheveux,
Puisses-tu devenir muette!

MARGOT, voulant continuer ses invectives et ne pouvant plus parler.

Hi hon! hi hon hon hon!

TOUS, effrayés.

Qu'a-t-elle donc?

RATIN.

Approche-toi, Suzette?

MARGOT.

Hi hon, hi hon! hon hon!

PIERRE.

Es-tu muette?

MARGOT.

Hi! hon! hi! hon! hi hon!

RATIN, à Margot.

Etes-vous muette?

MARGOT.

Hi hon! hi! hon!

RATIN.

Quel langage est cela, je ne le comprends pas
Parlez!

PIERRE.

Réponds!

RATIN.

Ou tout haut, ou tout bas?

TOUS.

Parlez!

Margot, furieuse, et ne pouvant articuler un mot, allonge, pour réponse, un soufflet à Pierre, un autre à Ratin et un troisième à Suzette. Puis, elle se laisse tomber sur le banc en trépignant.

TOUS, se tenant la joue.

Cela n'est pas une petite affaire!
Et maintenant, comment allons-nous faire?

PIERRE, avec colère.

Coquine de Margot, j'en avais encor deux!...
Il faut quelle jase!... J'en rage!

RATIN.

La voilà muette...

PIERRE.

Tant mieux!
Par ses cris et son bavardage
Je ne serai plus étourdi!

MARGOT, pleurant.

Hi! hi! hi! hi! hi! hi!

SUZETTE, à Pierre.

Elle pleure, se désespère

PIERRE.

Ah! que puis-je faire
A cela?

SUZETTE.

C'est mal ce que vous dites-là!
Regardez, elle se désole.
Vite, donnez
Une bonne parole,
Pardonnez,
Et donnez une bonne parole!

PIERRE, avec humeur.

Allons! puisqu'il le faut
Je souhaite
Qu'elle redevienne Margot!

RATIN.

Elle est toujours muette.
Il faut spécifier, allons, vite! il le faut!

PIERRE, hésitant.

Pour lors donc... je souhaite

RATIN.

Que Margot...

PIERRE, répétant.

Que Margot...

RATIN.

Recouvre la parole?

PIERRE, id.

Retrouve la parole !
Ouf !

MARGOT, avec volubilité.

C'était à devenir folle,
Mais j'ai retrouvé la voix,
Comme autrefois
Je peux parler, et rire,
Discuter, contredire,
J'ai retrouvé la voix
Comme autrefois !

A Pierre,

Ah ! mon ami, mon petit homme,
Donne la main, embrasse-moi
Je devrais t'en vouloir... ah ! comme
Tu te faisais prier, j'étais en grand émoi.

PIERRE.

Je voulais...

MARGOT, l'interrompant.

Laisse-moi.

RATIN, à Suzette.

Mais nous voulions...

MARGOT, id.

Sans cesse
Vous m'interrompez tous !

PIERRE.

Ecoute donc?

MARGOT.

Eh !.. laisse !
Qu'est-ce que je disais?
Je ne sais plus où j'en étais.
M'avez-vous rendu la parole
Pour que je me taise? ah ! laissez-moi donc finir !
Oui, c'était à devenir folle.

Mais j'ai retrouvé la voix
Comme autrefois;
Ah! laissez-moi parler, parler comme autrefois!

PIERRE.

Elle est folle! Écoute-moi?

RATIN.

Evidemment, Margot est folle!

PIERRE, criant.

Mais tu parles toujours!

MARGOT.

Parle, parle, mon roi.
Je serai toujours la première
A te donner raison!

PIERRE.

Comment allons-nous faire?

MARGOT, gaîment.

Va, va! n'y pensons plus! nous avons la gaieté,
La jeunesse et la santé.
Pardienne! moquons-nous du reste!

A Suzette.

Fillette, choisis à ton gré,
Puisqu'il te plaît, épouse André.

SUZETTE, l'embrassant.

Ah! quel bonheur!

RATIN.

C'est bien dit!.. je l'atteste!

MARGOT.

Sous mon bavolet,
Sans dentelle
Je serai belle,
Voilà ce qui me plaît!
Un simple jupon de laine!

A Pierre.

Tu ne verras jamais Margot
Te faire de la peine!

Toujours de bonne humeur, sans jamais dire un mot,
Saute Margot !

TOUS.

Saute, saute, Margot !

FIN

CHATILLON-SUR-SEINE. — IMPRIMERIE E. CORNILLAC

www.ingramcontent.com/pod-product-compliance
Ingram Content Group UK Ltd.
Pitfield, Milton Keynes, MK11 3LW, UK
UKHW012121240726
13965UKWH00005B/1885

9 782013 053150